LES

SAISONS.

L'Été.

LES SAISONS.

TOME TROISIÈME.

L'été.

STRASBOURG, de l'impr. de F. G. LEVRAULT.

Lith. de F. G. Levrault.

LES SAISONS.

L'Été.

PARIS,

Chez LEVRAULT, rue de la Harpe, n.º 81,
et rue des Juifs, n.º 33, à STRASBOURG.

1836.

LES SAISONS.

L'ÉTÉ.

De l'existence de Dieu.

L'INTELLIGENCE précoce de Henri fit penser à sa mère qu'il pourrait maintenant comprendre l'existence de la Divinité. Un jour, que Henri lui demandait par qui les feuilles et les arbres avaient été faits, Mme Dumont lui répondit que le monde entier, ainsi que tout ce qu'il renferme, avait été créé par un Être suprême et tout-puissant qu'on nommait *Dieu*; qu'il fallait toujours prononcer ce nom avec respect. Elle lui dit qu'il devait à Dieu toutes les choses qu'il voit dans la nature, ainsi que tous les biens dont il jouit; que c'était Dieu qui avait créé son père, sa mère, ses parens, ses amis, les alimens qui servent à sa nourriture, et les fleurs et les fruits qu'il aime à cueillir.

Henri pria sa mère de lui expliquer ce que c'était que Dieu. Mais comme les questions qui peuvent être faites par un enfant sur un sujet aussi important pourraient, quoique naturelles, paraître inconvenantes, nous les tairons; nous dirons seulement que lorsque Henri

demanda comment il pouvait remercier Dieu des biens dont il
l'avait comblé, sa mère lui fit
apprendre une prière aussi courte
que simple, qu'il répétait tous les
jours à genoux et les mains jointes.

Henri témoigna le désir de faire
tout ce qui pourrait être agréable
à Dieu. Sa mère lui apprit que Dieu
est un être infiniment juste, qui
aime ceux qui font le bien.

— « Mais un enfant peut-il faire
le bien? » demanda Henri.

— « Oui, répondit sa mère, tu
peux être doux et complaisant avec
tes camarades, et compatissant envers les pauvres et les malheureux.
Quand tu es sage et obéissant, tu

fais du bien à quelqu'un, » ajouta sa mère en souriant.

— « A qui, maman? »

— « A moi, mon enfant, lui répondit-elle, en le prenant dans ses bras et en l'embrassant; et lorsque tu es méchant, tu offenses Dieu et il t'aime moins; mais si, quand tu as été méchant, tu es réellement fâché de l'avoir été et que tu prennes la ferme résolution de ne plus l'être, Dieu, qui lit dans les cœurs, verra ton repentir, et comme il est miséricordieux, il te pardonnera et te rendra sa tendresse. »

De ce moment Henri fit de grands efforts pour devenir bon et obligeant envers tout le monde, et pour

avoir de l'empire sur lui-même toutes les fois qu'il se sentait prêt à
s'impatienter; non-seulement Henri
devint un meilleur enfant, mais il
fut plus heureux; car toutes les
fois qu'il aperçut quelque chose de
beau ou de curieux, son cœur s'émut
de reconnaissance et d'admiration
envers le Créateur.

———

Effet de l'éloignement sur la dimension des objets.

Un matin que Henri était occupé à regarder le soleil, sa mère lui demanda de quelle dimension il pensait que cet astre pouvait être.

— « Je ne le sais, répondit-il ; cependant, après avoir réfléchi quelques minutes, il ajouta : je crois qu'il est de la grandeur d'une assiette. »

— « Tu te trompes, reprit madame Dumont ; il est beaucoup plus grand que la table qui est au milieu du salon, plus grand même que cette maison ; il l'est plus que la terre. »

— « Pourquoi donc paraît-il si petit ? » demanda Henri.

— « Parce qu'il est très-loin de nous, répondit sa mère; viens, mon fils, ajouta-t-elle, nous allons monter en voiture, nous irons nous promener à Saint-Cloud et regarderons les différens objets qui se trouveront à une grande distance de nous, pour voir s'ils ne nous paraîtront pas plus petits qu'ils ne le sont réellement. »

Henri fut bientôt prêt; l'on était à la fin de Juin, le temps était si beau et si chaud, qu'il n'avait qu'un chapeau de paille à mettre: il n'appela pas sa bonne pour le lui donner, parce qu'il venait d'atteindre sa quatrième année, et que sa mère lui avait dit que maintenant qu'il n'était plus un petit enfant, il fallait qu'il s'habituât à aller chercher ce dont il avait besoin.

Dès que Mme Dumont et Henri furent arrivés à Saint-Cloud, ils montèrent dans un petit bâtiment appelé la lanterne de Diogène, d'où la vue dominait sur une grande étendue de pays.

— « Regarde, Henri, dans le lointain vers la droite aperçois-tu une maison située sur une colline et entourée d'arbres ? »

— « Oui maman, » répondit Henri.

— « Penses-tu qu'elle soit grande ou petite ? » demanda Mme Dumont.

— « Je crois que c'est une simple cabane, car elle est bien petite, » dit Henri.

— « Tu te trompes, lui dit sa mère en souriant ; c'est Belle-vue. »

— « Quoi, cette maison qui me paraît si petite d'ici, est le grand château de Belle-vue ? » s'écria Henri.

— « Oui, mon enfant, dit sa mère ; il te paraît petit, parce qu'il est loin de nous. »

Peu après ils descendirent la côte ; lorsque Henri fut en bas, il retourna la tête et sa mère lui demanda s'il distinguait un homme assis sur le sommet de la montagne.

— « Je le vois bien, s'écria Henri ; mais c'est un enfant, ce n'est pas un homme. »

— « Il se lève et vient de notre côté, dit M.ᵐᵉ Dumont ; ne le perds pas de vue, et tout à l'heure tu verras si c'est un homme ou un enfant. »

Dans ce moment ils passaient devant la boutique d'un ferblantier. « Oh! maman, s'écria Henri, voyez quelle énorme girouette! »

— « Si elle était placée sur le haut d'une maison, dit Mme Dumont, elle te semblerait petite; regarde celle qui surmonte le clocher de l'église qui est vis-à-vis de nous. »

— « Oh! maman, celle-là est toute petite. »

Mme Dumont entra avec son fils chez le ferblantier, et lui demanda laquelle des deux girouettes était la plus grande.

— « Celle qui est sur le clocher,

répondit le ferblantier; celle-ci est toute petite et ne sert que d'enseigne. »

— « Elle paraît beaucoup plus grande, » reprit Henri.

— « Les choses paraissent quelquefois tout-à-fait différentes de ce qu'elles sont réellement, » répondit l'ouvrier.

Henri au même instant tira le bras de sa mère; — « regardez, maman, s'écria-t-il, l'enfant qui était sur le sommet de la montagne est devenu un homme maintenant qu'il est près de nous. »

— « Est-ce que tu crois qu'il s'est changé en homme pendant le temps qu'il a mis à nous rejoindre? » demanda M.ᵐᵉ Dumont en riant.

—« Non, maman, répondit Henri; mais il est très-extraordinaire qu'il parût petit, parce qu'il était loin de nous. »

—« Il en est de même de tous les objets que nous voyons dans le lointain, » dit Mme Dumont.

—« Maman, s'écria Henri, le soleil est-il plus loin de nous que Belle-vue? »

—« Bien plus loin, mon fils. »

—« C'est vrai, dit Henri, après avoir réfléchi quelques instans; vous di-tes, maman, qu'il est plus grand que la terre; il faut qu'il soit bien éloi-gné pour nous paraître si petit. »

—« Sa distance de nous est telle-ment grande, reprit Mme Dumont,

que je n'essayerai même pas de te
l'expliquer. »

— « Pourquoi, maman ? » s'écria
Henri.

— « Parce que tu es trop jeune
encore pour le comprendre, il faut
que tu attendes que tu aies neuf
ou dix ans. »

Henri ne répondit rien, il savait
qu'il était inutile de tourmenter sa
mère, et qu'il ne parviendrait jamais
à obtenir d'elle de chercher à lui
expliquer des choses qui étaient au-
dessus de la portée de son intelligence. Il en prit gaîment son parti,
et se mit à sauter à la corde jusqu'au
moment où sa mère l'appela pour
le faire remonter en voiture.

Départ pour Belle-vue.

L'on était au commencement de l'été, et Henri apprit avec joie que toute sa famille allait se rendre à Belle-vue. Anna était très-occupée à emballer différens effets, et n'avait pas le temps de répondre aux questions que lui faisait continuellement Henri. Dans l'espérance de le distraire, elle lui donna une grande caisse et elle lui dit de s'amuser à emballer ses joujoux. Henri alla bien vite chercher tous les joujoux qui étaient épars dans la chambre et les jeta l'un après l'autre dans la caisse, sans ordre ni arrangement. Bientôt le coffre fut plein, quoiqu'il ne contînt guère que la moitié des joujoux.

— « Cette caisse n'est pas assez grande, ma bonne, s'écria-t-il, voulez-vous m'en donner une autre? »

— « Je n'en ai pas, répondit-elle; mais si vos joujoux étaient bien emballés, je crois qu'ils y tiendraient facilement tous »—en même temps elle alla regarder dans la caisse. — « Ceci ne peut jamais aller, dit-elle; le jeu de quilles est sur le tableau mouvant qui représente des scieurs de long, et les briques de construction écrasent la petite voiture, ainsi que les chevaux. » Elle retira les quilles du coffre et Henri vit avec douleur que les bras des scieurs étaient cassés,

2.

et que le sable qui servait à les faire mouvoir, s'échappait par un trou qu'avaient fait les quilles. Dès que les briques furent ôtées, Henri s'aperçut que les roues de la voiture, ainsi que la tête de l'un des chevaux, étaient cassées; que les mailles de ses raquettes étaient crevées, et que les plumes du volant étaient entièrement gâtées.

Henri n'eut pas la force de concentrer plus long-temps le chagrin qu'il ressentait; il fondit en larmes, et le bruit de ses sanglots étant parvenu jusqu'à sa mère, elle accourut pour savoir quelle en était la cause.

— « Oh, maman! s'écria-t-il, tous mes joujoux sont brisés! » et il se remit à pleurer.

Sa mère jeta un coup d'œil d'abord sur les joujoux brisés et un autre sur son fils : ce regard lui rappela ce que sa mère lui avait enseigné quelques jours auparavant ; aussitôt il essaya d'arrêter ses sanglots, il prit le mouchoir de sa mère pour s'essuyer les yeux.

— « Dieu ne se fâchera pas de ce que je pleure ; n'est-ce pas, maman ? je ne puis pas m'en empêcher. »

— « Non, mon enfant, répondit-elle, il t'aimera, parce que tu fais ton possible pour te retenir. Il n'est pas à beaucoup près aussi mal de pleurer quand tu as du chagrin, que de le faire lorsque tu es en colère. Dans le dernier cas tu es méchant, tandis

2..

que ce n’est que de l’enfantillage de pleurer parce que tes joujoux sont cassés. »

— « Mais ils ne peuvent plus servir maintenant, » dit Henri.

— « Si, reprit sa mère; dès que nous serons arrivés à Belle-vue je les donnerai à un menuisier, qui les raccommodera. Je vais te montrer, ajouta-t-elle, comment il faudra t’y prendre une autre fois pour les emballer. »

Mme Dumont mit d’abord les briques de construction dans le fond de la caisse, parce qu’elles étaient les plus pesantes; puis elle coucha les quilles dans l’intervalle qui séparait les briques les unes des autres; elle mit dessus deux boîtes, dont l’une contenait un régiment de soldats et l'autre une ménagerie; la voiture, ainsi que les scieurs de long, vinrent après: les coins furent remplis par deux poupées et par un polichinelle. »

—« Maman, s'écria tout à coup Henri, je crois que la caisse s'est agrandie, tous mes joujoux y tiennent très à l'aise. »

Sa mère se mit à rire et dit: « est-ce que tu crois que la caisse s'est dilatée? »

—« Non, maman, mais elle est faite en bois, n'est-ce pas, de même que l'est mon cerceau? »

—« Oui, mon enfant, » répondit Mme Dumont.

—« Eh bien, vous savez, maman, que le bois dont se compose la caisse faisait autrefois partie d'un arbre, qui vivait et croissait jusqu'au moment où on l'a coupé pour en faire des boîtes, des cerceaux, etc. »

—« Le bois s'alongeait et s'épaississait, reprit Mme Dumont, tant qu'il faisait partie d'un arbre, parce qu'alors il était vivant; mais dès que l'arbre est abattu, il sèche et le bois perd la faculté de grandir. »

—« De manière, maman, dit Henri, que les arbres sont faits de bois vivant et les caisses de bois mort. »

Peu d'instans après cette conversation Henri vit un fourgon dans la cour; il alla sur le balcon pour regarder les domestiques le charger, et il remarqua qu'ils emballaient les caisses les unes sur les autres, absolument de la même manière que sa mère avait fait de ses joujoux, c'est à dire que l'on plaçait celles qui étaient légères sur celles qui étaient lourdes.

— « Maman, dit Henri, regardez comme ma caisse paraît petite maintenant. »

— « Parce que tu la compares avec les grandes malles qui sont dans le fourgon, » répondit sa mère.

— « Que veut dire comparer? » demanda Henri.

— « Regarde la table à thé et ensuite ma table à ouvrage; laquelle des deux est la plus grande? »

— « La table à thé, » répondit Henri.

— « Tu viens de comparer la grandeur des deux tables, dit Mme Dumont; compare à présent leurs formes, et dis-moi laquelle des deux tu aimes le plus : la table à thé est ronde et la table à ouvrage est carrée. »

— « J'aime mieux la table ronde, répondit Henri, parce qu'on peut courir tout autour d'elle sans risquer de se cogner contre les coins. »

— « Il est vrai, reprit sa mère en riant, qu'on ne peut pas se heurter contre les coins d'une table qui n'en a pas. Vois-tu un autre point de comparaison entre elles? »

— « Oui, répondit Henri, l'une est haute et l'autre est basse. »

—« La table à ouvrage est-elle aussi haute que ton fauteuil ? » lui demanda Mme Dumont.

—« Elle l'est beaucoup plus, » répondit Henri.

—« La table à ouvrage, reprit sa mère, est haute comparée au fauteuil, et basse lorsqu'on la compare à la table à thé. Il en est de même de la caisse qui renferme tes joujoux; elle est petite, comparée aux autres. »

—« Maman, s'écria Henri, il y a encore autre chose à comparer dans les tables : la petite a quatre pieds, tandis que la grande n'en a qu'un. »

—« Oui, dit Mme Dumont, mais remarque la différence qu'il y a entre eux; le pied de la table à thé est gros et massif, et il se termine vers le bas par trois fortes branches taillées en forme de griffes ; vois, au contraire, combien ceux de la table à ouvrage sont petits et minces ; ils ne seraient pas assez forts pour supporter la table à thé. »

Bientôt l'attention de Henri fut attirée par une mouche qui se promenait sur la table. — « Maman, s'écria-t-il, les mouches ne sont-elles pas trop petites pour faire partie des animaux ? »

— « Non, mon fils, répondit-elle, les mouches ont la faculté de se mouvoir et de sentir. »

— « Elles remuent bien plus que je ne le fais ; dit Henri, elles ne restent jamais une minute à la même place. »

— « Les petits animaux, reprit Mme Dumont, tels que les hanne-tons, les abeilles, les mouches et d'autres du même genre, sont appe-lés insectes : tâche de ne pas oublier ce mot. »

L'on ne tarda à venir prévenir Mme Dumont que les chevaux étaient prêts.

Henri était si pressé de partir, qu'il descendit l'escalier en courant, sans penser à prendre son chapeau ; il fut obligé de remonter le chercher.

Dès qu'il fut en voiture avec sa mère, il lui parla du plaisir qu'il al-lait éprouver de voir les arbres en fleurs, de jouer avec Fox et surtout avec Pierre Mante : quelques minutes étaient à peine écoulées, lorsqu'il demanda à sa mère s'ils étaient encore loin de Belle-vue.

— « Oui, répondit sa mère. »

Henri se mit alors à regarder les roues de la voiture.

— « Elles roulent, s'écria-t-il, absolument de même que le fait un cerceau; qu'est-ce qui les fait tourner? »

— « Sa mère répondit que les chevaux, en tirant la voiture, déterminaient le mouvement des roues. »

— « Je sais, reprit Henri, qu'il est très-facile de les faire tourner, parce qu'un jour, pendant que le cocher était occupé à les laver, il me permit de les tourner, et j'en vins à bout tout seul. »

— « Tu l'as pu, dit Mme Dumont, parce que les roues n'étaient pas posées à terre, mais suspendues en l'air pour qu'on pût les faire tourner et les laver plus facilement ; mais lorsqu'elles sont posées à terre, que la voiture porte dessus et qu'elle est chargée, un homme ne serait pas assez fort pour la traîner, et l'on se sert de chevaux. »

— « Maman, quand j'ai fait tourner les roues, le cocher m'a dit que c'était très-facile, parce qu'il venait de les graisser. »

— « Il est vrai, répondit Mme Du-

mont, qu'on les fait rouler plus facilement en mettant de la graisse
à l'essieu. »

— « Qu'est-ce que c'est que cela,
maman ? »

— « On nomme essieu, lui dit sa
mère, le morceau de fer qui traverse
la roue et l'attache à la voiture. »

— « Je me rappelle maintenant,
reprit Henri, que la roue tourne sur
l'essieu, » puis il se mit à regarder
tourner les roues, jusqu'à ce que
ses yeux fussent fatigués.

Cependant Henri commençait à
s'impatienter de ne pas arriver à
Belle-vue, quand heureusement il
aperçut plusieurs mouches de différentes espèces, qui se promenaient
sur les glaces de la voiture.

—« Maman, s'écria-t-il, regardez tous ces petits animaux, non, insectes veux-je dire, je crois que c'est le mot que vous m'avez appris ce matin. »

—« Oui, répondit sa mère; mais n'oublie pas que les insectes sont aussi des animaux. »

—« Oh maman, regardez cette grosse mouche qui vient bourdonner autour de nous; est-ce un hanneton? »

—« Oui, mon enfant. »

—« Est-ce que c'est aussi un insecte? »

—« Certainement, » répondit Mme Dumont.

—« Quelle quantité de noms, s'é-

cria Henri, c'est un animal, un insecte, un hanneton ! trois noms
pour une si petite chose. »

— « Je suppose, reprit Mme Dumont, que tu vinsses me dire : pendant que j'étais à me promener ce
matin, j'ai vu un animal ; comment
pourrais-je deviner de quelle espèce
il était ? »

— « Mais je vous dirais, maman,
si c'était un insecte, ou un oiseau,
ou un poisson, ou un grand animal avec quatre jambes. »

— « Tu ne le pourrais pas, si tu
ne lui connaissais pas d'autre nom
que celui d'animal. »

— « Mais si je vous disais que
c'est un hanneton ou une mouche,

vous comprendriez tout de suite, n'est-ce pas, maman, s'écria Henri; et tous les insectes ont-ils trois noms, de même que les hannetons et les mouches? »

— « Oui, mon enfant. »

— « Les oiseaux ont-ils aussi trois noms? » demanda Henri.

— « Oui, répondit sa mère, tâche de deviner quels étaient les trois noms du petit oiseau auquel tu donnais à manger sur le balcon. »

— « Premièrement c'était un animal, répondit Henri, ensuite c'était un oiseau, parce qu'il avait des ailes et volait dans l'air. »

— « N'y a-t-il pas d'autres animaux qui ont des ailes? » dit sa mère, en l'interrompant.

— « Non, maman ; les chevaux, les vaches et toutes ces sortes d'animaux n'en ont pas. »

— « Est-ce que tu as déjà oublié les insectes ? »

— « Les insectes ont sans doute des ailes ; mais j'oublie de les compter parmi les animaux, parce qu'ils sont si petits. »

— « Eh bien, reprit Mme Dumont, si les insectes ont des ailes aussi bien que les oiseaux comment peux-tu les distinguer les uns d'avec les autres ? »

— « C'est très-facile, s'écria Henri, un oiseau est beaucoup plus gros, qu'un insecte. »

— « Dans quelques contrées, reprit Mme Dumont, il y a des oiseaux infiniment plus petits que des insectes. »

— « Comment fait-on alors pour les distinguer ? » demanda Henri.

— « Les oiseaux, dit Mme Dumont, sont les seuls animaux qui aient des plumes ; quel était le troisième nom de l'oiseau que tu nourrissais ? »

— « Je me rappelle que c'était un moineau, répondit Henri, et les grands animaux, tels que les chevaux et les vaches, ont-ils aussi trois noms ? »

— « Oui, répondit Mme Dumont ; mais l'un d'eux est un peu difficile, je crains que tu ne puisses pas le prononcer ; écoute bien : c'est qua-dru-pède. »

— « Quel singulier nom, et qu'est-
ce que cela veut dire, maman ? »

— « On nomme ainsi tous les animaux qui ont quatre jambes, »
répondit sa mère.

— « Les chiens, les chats, les sou-
ris et les rats sont donc des quadrupèdes aussi bien que les vaches
et les chevaux. »

— « Certainement, » répondit Mme
Dumont.

— « Regardez, maman, dit Henri,
le grand nombre de quadrupèdes
qui se promènent dans la prairie
qui est à droite de la route. »

— « Quel autre nom ont-ils ? » demanda Mme Dumont.

— « On les nomme d'abord des

animaux, ensuite des quadrupèdes et puis enfin des moutons. »

Pendant cette conversation le temps s'était écoulé si rapidement pour Henri, qu'il fut tout étonné de voir que les chevaux venaient d'entrer dans l'avenue qui conduisait à Belle-vue.

— « Voila le château tel qu'il est réellement, dit Henri ; il est bien différent de ce qu'il me paraissait être lorsque je le voyais de Saint-Cloud. »

Première journée passée à la Campagne.

Dès que Henri fut arrivé à Bellevue il courut dans la chambre qu'il avait habitée l'année précédente; il y trouva Anna très-occupée à défaire les malles.

— « Ma bonne, dit-il, je reconnais cette chambre: voilà mon petit lit à côté du vôtre; voici l'armoire où j'avais coutume de serrer mes joujoux, et voilà la terrasse de laquelle je regardais mon père et ma mère monter à cheval. »

— « Je vais ouvrir la caisse dans laquelle sont vos joujoux, dit Anna, et vous pouvez, si cela vous amuse, les ranger dans l'armoire.

Henri répondit qu'il ne demandait pas mieux : il se mit de suite à l'ouvrage, et se rappelant le soin que sa mère avait mis à emballer les joujoux pour empêcher qu'ils ne fussent brisés, il les retira un à un de la caisse et il les posa doucement sur les tablettes qui garnissaient l'armoire : cependant il laissa tomber une des poupées, qui se cassa le nez; mais Henri n'en eut pas de chagrin, parce qu'on pouvait jouer avec elle, quoiqu'elle eût le nez cassé.

Quand tous les joujoux furent rangés, Henri courut dans le jardin; il était pressé de voir Pierre

Mante, ainsi que les jolies fleurs dont les arbres étaient couverts la dernière fois qu'il était venu à Belle-vue; mais il fut bien étonné lorsqu'il s'aperçut qu'il n'y en avait plus.

— « Oh que je suis fâché, s'écriat-il, les arbres n'ont plus de fleurs ! »

— « Voyez, lui dit Pierre, les fruits qui les ont remplacées; voici le pommier auquel vous vouliez casser une branche, il est couvert de pommes. » Henri ne les avait pas remarquées, parce qu'elles étaient petites et du même vert que les feuilles de l'arbre. « Ces pommes n'ont pas l'air d'être bonnes, » reprit Henri.

— « Pas encore, dit Pierre, elles ne seront mûres que dans trois ou quatre mois ; mais d'ici à peu de jours les cerises le seront, regardez comme cet arbre en est couvert. »

— « Il n'y a donc rien de mûr maintenant, » demanda Henri.

— « Si, répondit Pierre, les fraises le sont ; venez demander à Marc le jardinier la permission d'en cueillir. »

Pierre conduisit Henri près d'une plate-bande de fraises ; Henri crut d'abord qu'il n'y avait que des feuilles ; mais Pierre les ayant écartées, il vit un joli fruit rouge qui se trouvait au-dessous.

Le jardinier lui permit d'en cueillir, et lui donna une feuille de chou pour qu'il pût porter des fraises

4.

à sa mère. Henri ne fit qu'en goûter une de temps en temps, tant il était pressé de les lui offrir : tout à coup il aperçut Mme Dumont, qui se promenait.

—« Maman, dit il, je cueille des fraises pour vous, Marc me l'a permis. » Au même instant ce dernier appela Pierre et lui dit de venir l'aider à porter différens légumes dont la cuisinière avait besoin.

Pendant ce temps Mme Dumont et son fils s'assirent sur un banc de gazon et se mirent à manger les fraises.

—« Maman, les trouvez-vous bonnes ? » demanda Henri.

—« Oui, mon enfant ; elles me

paraissent meilleures encore que de coutume, parce que c'est toi qui les a cueillies. »

— « Quelle belle feuille de chou, s'écria Henri, les fraises y tiennent aussi bien que dans une assiette. »

Comme il achevait ces mots, Pierre passa près de lui, tenant à la main un panier dans lequel il y avait plusieurs choux.

— « Maman, dit Henri, je voudrais bien avoir un de ces choux pour jouer à la balle. »

Mme Dumont lui permit d'en prendre un; après qu'il l'eut fait rouler pendant quelque temps, il s'assit et se mit à examiner sa forme.

— « Maman, dit-il, ce chou est

formé de feuilles pliées les unes dans les autres, absolument de la même manière que les boutons que nous avons cueillis sur les arbres au commencement du printemps. »

— « Les choux, reprit Mme Dumont, sont des plantes en boutons. »

— « Ont-ils aussi une fleur dans l'intérieur ? » demanda Henri, et il essaya d'ouvrir les feuilles ; mais comme il ne pouvait y parvenir, il pria sa mère de lui prêter un canif pour couper le chou.

— « Un canif ne serait pas assez grand, répondit-elle ; voici Marc qui vient près de nous, il va le fendre avec un grand couteau. »

Dès que le chou fut coupé, Henri

et sa mère se mirent à chercher la fleur; mais elle était si petite qu'ils ne purent pas bien la distinguer.

Mme Dumont lui dit, qu'il fallait attendre pour la voir que le bouton s'ouvrît et laissât paraître la fleur.

— « Les arbres sur lesquels viennent ces gros boutons, sont-ils bien grands, maman ? » demanda Henri.

— « Les choux ne viennent pas sur des arbres, lui répondit-elle; chaque bouton a une tige et une racine à part, » ajouta-t-elle en arrachant un chou de la terre, pour que son fils pût mieux comprendre ce qu'elle lui expliquait.

— « Maman, dit Henri, voilà plusieurs feuilles semblables à celle dans laquelle étaient les fraises ; mais elles sont ouvertes, au lieu d'être pliées comme le sont les autres. »

— « Ces premières feuilles, reprit Mme Dumont, enveloppaient autrefois le chou ; mais à mesure que le bouton grossit, les feuilles s'écartent ; celles qui sont au milieu, ne tarderont pas à faire de même, et alors tu verras la fleur en sortir. »

— « Mais si le jardinier les arrache tous pour les porter à la cuisine, les fleurs n'écloront jamais, dit Henri. »

— « Nous en conservons toujours quelques-uns pour en prendre la graine, » répondit le jardinier.

— « Pourquoi faire ? » demanda Henri.

— « La graine vient dans la fleur, reprit Mme Dumont ; dès qu’elle est fanée, elle tombe et la graine reste et mûrit. »

— « C’est comme le fruit alors, dit Henri, qui ne vient qu’après la fleur. »

— « A peu près, répondit sa mère, seulement il y a plusieurs plantes qui n’ont d’autres fruits que des graines. »

— « Mange-t-on les graines des choux ? » demanda encore Henri.

— « Non, répondit sa mère, le jardinier les sème dans la terre, pour qu’elles poussent et se changent en choux l’année d’après. »

— « A quoi servent les grosses cô-

les qui passent au milieu des feuilles? » demanda Henri.

— « C'est par là, reprit sa mère,
que l'eau pénètre dans le reste de
la feuille pour la nourrir et la faire
pousser. »

« Maintenant il faut rentrer, ajouta-t-elle, il est l'heure de prendre
tes leçons. »

Quoique Henri fût très-fâché de
quitter le jardin, cependant il pensa
qu'après tout le plaisir qu'il venait
d'avoir, il fallait être sage, et il ren-
tra sans murmurer.

Le Nid d'Oiseaux.

Un jour que Henri se promenait à la campagne avec sa mère, il vit un enfant qui grimpait au haut d'un arbre.

—« Pourquoi montez-vous à cet arbre? » lui demanda Mme Dumont.

—« Je vais chercher le nid d'oiseaux qui est dessus, répondit-il; les œufs sont éclos et je veux avoir les petits. »

—« Vous ne pourrez pas les élever, reprit Mme Dumont; d'ailleurs, il est cruel de les priver de leur mère. »

—« Je l'ai effrayée et elle s'est en-

volée, » dit le petit garçon, et il con-
tinua de monter en s'accrochant de
branche en branche.

— « Maman, s'écria Henri, ne le
laissez pas prendre le nid. »

— « Je ne puis pas l'en empêcher, »
répondit - elle.

Au même instant Henri vit un
oiseau voltiger autour de l'arbre;
mais qui disparut aussitôt qu'il eut
entendu le bruit que faisait le petit
garçon parmi les feuilles; ce dernier venait d'atteindre le sommet
de l'arbre, et comme il étendait les
mains pour saisir le nid, ce mouvement lui fit perdre l'équilibre et
il tomba à terre.

— « Il n'a que ce qu'il mérite, s'écria Henri, qui était indigné contre lui de ce qu'il avait pris le nid ; je suis bien aise qu'il soit tombé. »

Mme Dumont ne lui répondit pas ; mais elle s'approcha du petit garçon et essaya de le relever ; il pleurait, et disait qu'il souffrait beaucoup cependant.

Mme Dumont parvint à le relever, elle l'appuya contre l'arbre et lui demanda où il demeurait.

— « Dans la chaumière qui est au pied de la colline qui est vis-à-vis de nous, » répondit l'enfant.

— « Je vais chercher votre père et votre mère, reprit Mme Dumont. Henri, ajouta-t-elle, reste près de lui jusqu'à mon retour. »

Henri parut effrayé de rester seul près d'un enfant qui avait été si méchant; mais Mme Dumont lui dit : je puis aller plus vite sans toi, et peut-être pourras-tu lui être utile pendant que je serai absente. Elle partit immédiatement et se mit à courir pour arriver plus promptement à la chaumière. Pendant ce temps, l'enfant, qui souffrait beaucoup, tenait les yeux fermés, ce qui fit croire à Henri qu'il dormait : ce dernier ayant aperçu quelque chose par terre, alla sur la pointe des pieds, dans la crainte de réveiller l'enfant, voir ce que c'était : quel fut son chagrin lorsqu'il en fut près, de voir que c'était le nid! Il était vide et non loin de là il découvrit quatre petits oiseaux, qui avaient à peine quelques plumes, étendus à terre.

Henri les ramassa et les remit dans le nid ; deux d'entre eux étaient morts, et les autres ouvraient leur bec et faisaient entendre des cris si plaintifs que Henri en fut ému jusqu'aux larmes. Il prit le nid, le porta au petit garçon, et voyant que ses yeux n'étaient plus fermés, il lui dit : — « Regardez ces pauvres petits oiseaux, je suis sûr qu'ils souffrent autant et peut-être plus que vous, car deux d'entre eux sont morts. »

— « Nous n'aurions jamais pu les élever, dit l'enfant, ils étaient trop jeunes ; ainsi cela ne fait rien. »

5.

— « Cela ne fait rien qu'ils soient morts, reprit Henri ; vous avez donc un mauvais cœur, puisque vous n'êtes pas fâché de les avoir tués ? »

Henri fut très-content lorsqu'il aperçut sa mère qui revenait ; elle était accompagnée d'un homme et d'une femme ; cette dernière se mit à pleurer, lorsqu'elle vit que le visage de son fils était inondé de sang : elle l'essuya et lui bassina la figure avec de l'eau fraîche ; elle le plaignait et cherchait à le consoler ; mais le père de l'enfant, qui venait d'apercevoir le nid d'oiseaux eut grande envie de se fâcher.

— « Je devine, dit-il à son fils, ce qui a été la cause de votre chute ;

vous vouliez priver ces pauvres oiseaux de leurs parens, vous méritez
d'être puni pour cette mauvaise
action. »

Cependant il le prit dans ses bras
et le porta jusque chez lui. Henri
et sa mère l'y suivirent; on envoya
chercher un médecin, qui déclara
que les jambes de l'enfant n'étaient
pas fracturées, mais que les che-
villes étaient foulées et que l'enfant
ne pourrait pas marcher de long-
temps.

Mme Dumont ouvrit sa bourse et
donna de l'argent aux parens de l'enfant, parce qu'ils étaient pauvres,
puis elle et Henri quittèrent la chaumière. Pendant qu'ils retournaient

5..

à la maison, Henri demanda à sa mère pourquoi elle ne faisait pas conduire l'enfant dans l'hospice où l'on avait soigné Pierre Mante.

— « Parce que c'est trop loin d'ici, répondit-elle, d'ailleurs il est probable qu'il ne sera pas aussi long-temps malade que l'a été Pierre. »

— « Et lorsqu'il sera guéri, demanda encore Henri, est-ce qu'il viendra travailler au jardin de Belle-vue? »

— « Oh! non, répondit Mme Dumont, Pierre s'était blessé en exer-çant un métier dangereux, il avait un cœur excellent et méritait d'être récompensé pour sa bonne conduite; tandis que l'autre enfant, qui n'est

monté sur l'arbre que pour com-
mettre un acte de cruauté, méritait
une punition sévère, et Dieu la lui
a infligée. »

— « Je suis bien-aise, dit Henri,
qu'il ne vienne pas à Belle-vue,
je ne l'aime pas. Nous voilà, ajouta-
t-il, arrivé à l'arbre d'où il est
tombé; voyons ce que sont devenus
les oiseaux. »

Le nid était encore à la même
place; mais les oiseaux étaient tous
morts.

Ils entendirent bientôt le cri
plaintif d'un oiseau. — « Est-ce leur
mère? » demanda Henri.

— « Je crois bien qu'oui, répon-
dit Mme Dumont; elle doit être per-

chée sur l'une des branches de l'arbre, où elle gémit de la perte de ses
petits. »

Henri demanda si c'étaient les
oiseaux qui construisaient leurs nids.

— « Oui, » répondit sa mère.

— « Regardez, comme ce nid est
bien fait, dit-il à sa mère, en lui
montrant celui qui était par terre. »

— « Dès que les oiseaux veulent
faire un nid, reprit Mme Dumont,
ils vont ramasser des brins de paille,
de foin et d'herbes, qu'ils entrela-
cent ensemble, puis ils en tapissent
l'intérieur avec de petits flocons
de laine que les épines ont enle-
vées aux moutons; quand le nid est
terminé, l'oiseau y dipose ses œufs

et s'accroupit dessus pour les tenir chauds. »

— « Les œufs sont-ils semblables à ceux que nous allons prendre dans le poulailler? » demanda Henri.

— « Oui, répondit Mme Dumont, seulement les œufs de poules sont beaucoup plus gros que ceux des moineaux et des serins : nous voici arrivés à Belle-vue; je vais te faire voir la différence qu'il y a entre eux. »

Le jardin de Henri.

Mme Dumont avait promis à son fils de lui donner un petit jardin en toute propriété, et peu de jours après son arrivée à Belle-vue, elle choisit un coin de terrain qui se trouvait en face des fenêtres du cabinet où elle avait l'habitude de travailler, pour que Henri pût y aller seul. Marc fut chargé d'en labourer la terre, et Pierre d'y semer des graines de différentes espèces ; quand tout cela fut terminé, Henri commença à s'ennuyer de ce que son jardin paraissait aussi nu qu'auparavant, et il demanda à Pierre com-

bien de temps les graines mettraient
à se changer en plantes et à se cou-
vrir de fleurs.

— « Plusieurs semaines, répondit
Pierre ; mais je vais chercher quelques jeunes arbustes, je les plante-
rai, et d'ici à quinze jours ils seront
en fleurs. »

Henri, après avoir attendu cinq
ou six jours pour voir si les plantes commençaient à sortir de la
terre, se détermina à ne plus s'en
rapporter à d'autres qu'à lui-même
du soin d'embellir son jardin ; il alla
cueillir plusieurs roses, des œil-
lets, et d'autres fleurs nouvellement
écloses, les mit dans la terre, et il
courut chercher sa mère, pour lui

faire voir combien son jardin était joli.

—« Marc et Pierre y ont travaillé pendant plusieurs jours, dit-il, cependant on n'aperçoit pas encore les fleurs qu'ils ont semées, tandis que celles que j'ai plantées sont charmantes, n'est-ce pas, maman ? »

—« Les fleurs sont très-jolies, répondit-elle; mais elles seront bientôt flétries. »

—« J'aurai soin de les arroser, » s'écria Henri.

—« Mais elles n'ont pas de racines, l'eau ne les nourrira pas, » reprit Mme Dumont.

—« J'avais oublié que c'était par les racines que l'eau pénétrait dans les plantes, dit Henri; je vais aller en chercher d'autres. »

Il prit une bêche et déracina plusieurs jasmins, il les jeta dans une petite brouette et les roula jusqu'à son jardin, dans lequel il les planta du mieux qu'il put. Cependant le lendemain il fut très-étonné de voir que non-seulement les fleurs qu'il avait enfoncées dans la terre étaient flétries, mais que les jasmins paraissaient aussi en mauvais état.

Henri ne pouvait pas comprendre pourquoi les jasmis se mouraient, puisqu'ils avaient des racines et qu'il les avait arrosés. Il courut en demander la raison à Marc; mais ce dernier était très-occupé à transplanter de jeunes laitues, et il n'avait pas le temps de répondre aux questions que lui faisait Henri. Celui-ci vit que Marc tenait à la main un petit bâton pointu, à l'aide duquel il creusait un trou dans la terre; il mit ensuite les petites racines de la laitue dans ce trou, et il pressa avec les doigts la terre autour de la plante, pour empêcher qu'elle ne penchât plus d'un côté que de l'autre.

— « Plante-t-on ou sème-t-on les laitues? » demanda Henri.

— « On les sème, répondit le jardinier: les jeunes laitues que je transplante ont été semées au commencement du printemps. »

— « Est-ce qu'elles ne mourront pas? demanda Henri, les feuilles sont pendantes. »

— « Non, répondit Marc; elles se raffermiront dès qu'elles auront été arrosées. »

— « J'ai arrosé mes jasmins, dit Henri, et ils ne s'en flétrissent pas moins. »

— « Les jasmins étaient trop vieux pour être transplantés, reprit Marc; les arbustes ne doivent jamais l'être lorsqu'ils sont en fleurs. »

Henri retourna dans son jardin, et n'ayant plus ni graines à semer, ni arbustes à planter, il pensa qu'il aimerait à faire une petite allée sablée; il se mit aussitôt à ramasser

6.

tous les petits cailloux qu'il put trouver et les porta dans son jardin : il fit plusieurs voyages; mais à la fin, voyant qu'il n'en pouvait rapporter que très-peu à la fois dans les mains, il alla chercher sa brouette, et quoiqu'elle fût un peu lourde, lorsqu'elle fut pleine de sable, cependant il parvint à la rouler; il arrangea les cailloux et le gravier du mieux qu'il put : il était si préoccupé de la pensée de faire une allée bien droite, que lorsqu'il apercevait quelques petites plantes qui commençaient à sortir de la terre, il les arrachait et les jetait.

— « Que fais-tu, Henri? » lui demanda sa mère.

—«Une allée sablée, répondit-il, et j'arrache toutes les mauvaises herbes qui nuiraient à sa régularité.»

—«Je crains bien, dit M.me Dumont, que tu ne sois encore trop jeune pour comprendre quelque chose au jardinage; ce ne sont pas de mauvaises herbes que tu viens d'arracher; mais les graines que Pierre avait semées. Henri eut l'air un peu confus; mais il prit bientôt son parti et dit: cela ne fait rien, les plantes sont trop long-temps à pousser, j'aime mieux avoir une allée sablée; regardez, comme elle est déjà jolie, seulement je serai long-temps à la faire. —«Les cail-

loux et le sable, grandissent-ils,
maman ? »

— «Non, mon enfant, le sable
n'est ni un animal, ni un végétal?
te rappelles-tu d'avoir vu un homme qui creusait la terre pour en
tirer du sable, un jour que nous
nous promenions dans la campagne. »

— «Oui, maman, il le retirait
d'un trou qui était aussi grand
qu'une maison. »

— «Le sable est une espèce de
terre, » dit Mme Dumont.

Henri fut très-étonné; il avait
toujours cru que tout ce qu'il
voyait appartenait à la classe des animaux ou à celle des végétaux; mais

sa mère lui dit que toutes les terres de différentes espèces, ainsi que
les cailloux, ne ressemblaient en rien,
ni aux animaux, ni aux végétaux,
parce qu'ils n'étaient pas vivans et
ne prenaient aucune espèce de nourriture. »

—« Ils ne le pourraient pas, s'é-
cria Henri; ils n'ont point de bou-
ches comme en ont les animaux, ni
des racines, comme en ont les plantes. »

—« Veux-tu, que je te dise comment on nomme les cailloux et les
terres? » lui demanda Mme Dumont.

—« Oui, maman, » répondit-il.

—« On les appelle des minéraux. »

— « Je n'aime pas les minéraux à beaucoup près autant que les animaux et les végétaux, » dit Henri.

— « Il y en a quelques-uns de très-beaux, reprit Mme Dumont; mais il faut creuser bien avant dans la terre pour les trouver. »

La conversation fut interrompue par Anna, qui venait chercher Henri, pour l'emmener dîner : lorsqu'il se mit à table, il fut agréablement surpris de voir qu'on lui avait servi pour légumes des petits pois.

— « Ce sont les pois que Pierre a semés, s'écria-t-il; voulez vous m'en donner, ma bonne? »

Dès qu'il en eut goûté, il dit qu'il n'en avait jamais mangé d'aussi bons.

Récolte des Foins.

Henri avait l'habitude de se lever de très-bonne heure à Belle-vue, pas si matin cependant que le soleil; car dans l'été cet astre reparaît sur l'horizon vers quatre heures; peu de personnes, excepté les cultivateurs, se lèvent à cette heure, car ces derniers se rendent dans les champs dès que le jour commence à poindre.

Henri fut reveillé un matin par le chant du coq. Il demanda à sa bonne, s'il n'était pas temps de se lever; mais elle lui dit que non; peu après il entendit au bruit de sa respiration, qu'elle s'était endor-

mie de nouveau et il ne tarda pas
à en faire autant. Lorsque plus tard
il se réveilla, il vit qu'Anna était
habillée; il se leva et se rendit avec
elle à la vacherie.

Henri et Anna trouvèrent la femme qui était chargée du soin de la
laiterie assise sur un petit tabouret,
occupée à traire les vaches; ces der-
nières étaient au nombre de six.
Henri les aimait toutes; mais parmi
elles il avait une vache favorite, qui
était plus jolie qu'aucune de ses
compagnes, on l'appelait Diane; son
corps était du plus beau blanc, elle
avait une marque noire au milieu
du front, une autre sur la queue
et un pied entièrement noir; elle

était si douce, que Henri se promenait souvent à cheval sur elle. Il aimait à avoir le lait de Diane pour son déjeûner ; mais depuis quelques jours il était privé de ce plaisir, parce que Diane nourrissait un petit veau.

— « Si je vous donnais le lait de Diane, dit la laitière à Henri, que deviendrait son petit ? »

— « Il mangerait de l'herbe, » répondit Henri. »

— « Il est encore trop jeune pour cela, » ajouta la laitière.

En retournant à la maison, Anna et Henri virent un grand nombre d'hommes occupés à couper l'herbe des prairies.

— « Je suis bien aise, s'écria Anna, on fait les foins. »

— « Du foin pour les chevaux ? » dit Henri.

— « Oui, répondit Anna, toute l'herbe sur laquelle on ne vous permettait pas de marcher, va être coupée, et dès qu'elle sera sèche, elle deviendra d'excellent foin. »

— « J'en suis très-content aussi, dit Henri, parce qu'on ne m'empêchera plus de courir dans les prairies, puis il réfléchit un instant et il ajouta, j'en suis bien aise aussi pour les chevaux, parce qu'ils ont du plaisir à manger le foin ; cependant ils aiment mieux le blé, m'a dit le cocher, quand le couperons-nous ? »

—« L'on coupe les foins au commencement de l'été, répondit Anna, et la moisson ne se fera que dans le courant du mois de Juillet. »

Henri s'amusa pendant quelque temps à regarder les faucheurs travailler. Ils étaient rangés sur la même ligne, et Henri dit qu'il craignait qu'ils ne se coupassent les jambes avec les faux dont ils se servaient.

—« N'ayez pas peur, reprit Anna, les faucheurs savent au juste à quelle distance leurs faux peuvent atteindre. »

Henri et sa bonne rentrèrent, et peu de temps après le déjeûner, Mme Dumont sortit avec son fils pour aller voir travailler les faucheurs.

Mme Dumont tenait un petit paquet à la main.

Henri demanda à sa mère ce qu'il contenait, elle lui répondit en souriant, qu'il le saurait plus tard.

Henri fut obligé de réprimer la curiosité qu'il éprouvait; il savait qu'il était inutile de tourmenter sa mère, que ses importunités n'obtiendraient jamais d'elle de lui accorder ce qu'elle lui avait d'abord refusé.

Lorsqu'ils arrivèrent dans la partie du parc où les faucheurs travaillaient, ils virent plusieurs d'entre eux occupés à étendre par terre et à retourner, à l'aide d'une fourche, l'herbe qui avait été coupée le matin.

— « Que font-ils, maman, demanda Henri, est-ce que cela ne gâtera pas l'herbe de la retourner. »

— « Au contraire, répondit Mme Dumont, on l'étend et on la retourne pour la faire sécher plus promptement. »

— « Mais si on la mettait devant le feu, dit Henri, elle se sécherait encore plus vite; car dès qu'une serviette est mouillée, Anna l'étend devant le feu. »

— « N'as-tu pas vu aussi Anna, lorsqu'elle avait savonné, étendre le linge dehors à l'air. »

— « Oui, répondit Henri, je l'avais oublié; mais lorsqu'il pleut, au lieu de mettre le linge dehors, elle en

7.

étend une partie sur des cordes dans la buanderie et l'autre devant le feu. »

— « Penses-tu, qu'il y aurait assez de place devant le feu, pour sécher toute l'herbe qui est ici. »

— « Oh non, répondit Henri, même lorsqu'il y en aurait dans toutes les chambres de la maison, à plus forte raison maintenant, qu'il n'y en a que dans la cuisine. »

— « Je suppose, reprit M.me Dumont, qu'on mît une grande quantité d'herbe à sécher devant le feu, et qu'une étincelle y tombât, la flamme s'étendrait rapidement et la maison serait bientôt brûlée. »

— « Eh bien, reprit Henri un peu

effrayé, il ne faut pas qu'on en mette devant le feu. »

— « Est-ce qu'il n'y a rien dehors qui puisse remplacer le feu, » demanda Mme Dumont à son fils.

— « Où donc ? » s'écria-t-il.

— « Regarde, lui dit-elle, en lui montrant le soleil, il sèche l'herbe beaucoup mieux que ne le ferait le feu de la cuisine, devant lequel on n'en pourrait mettre que très-peu. Il sèche non-seulement celle qui est dans cette prairie; mais encore celle qui couvre toute la terre. »

— « Soleil, que vous êtes bon, » s'écria Henri. »

— « Tu sais que c'est Dieu qui a fait le soleil, lui dit Mme Dumont;

7..

c’est lui qu’il faut remercier du bien que fait cet astre. »

— « Oui, répondit Henri ; mais pourquoi le soleil ne sèche-t-il pas l’herbe avant qu’elle ne soit coupée. »

— « Parce que, répondit Mme Dumont, l’herbe, avant d’être coupée, vit et pousse, et qu’elle a des racines par lesquelles l’eau pénètre et la nourrit. »

— « Le foin, dit Henri, ne peut plus boire de l’eau, parce que les faucheurs, en coupant l’herbe, l’ont privée de ses racines. »

Henri avait bien envie de remuer et de retourner le foin ; il en témoigna le désir à sa mère, qui le lui permit. Les faucheurs lui prêtèrent une fourche et un râteau; mais ces outils étaient trop lourds et trop grands pour qu'il pût s'en servir.

— « Que je voudrais avoir une petite fourche et un petit râteau, » s'écria-t-il.

Mme Dumont défit alors le paquet qu'elle tenait à la main, et Henri vit qu'il contenait les outils qu'il désirait tant d'avoir. Il sauta au cou de sa mère, il l'embrassa et la remercia de ce qu'elle avait été si bonne que de lui ménager cette douce surprise; puis il courut aider les faucheurs à retourner le foin.

Promenade sur l'eau.

— « Écoute, dit un matin Mme Dumont à son fils, tâche d'être bien sage, d'obéir sans murmurer à tout ce que l'on te dira, car j'ai envie de te mener voir demain ta tante, et les deux cousins Eugène et Adolphe, qui nous attendent, et je suis sûr que si tu manquais à tes devoirs, si tu étais mécontent de toi, tu aurais beaucoup moins de plaisir à faire ce petit voyage. »

Henri sauta de joie à cette bonne nouvelle et promit de faire tout ce que sa mère voudrait.

Le lendemain matin on vint l'éveiller de bonne heure. Il s'habilla en toute hâte, fit sa prière et vint sauter au cou de sa mère. La campagne de Mme Dunoy, la tante de Henri, était en Normandie, au bord d'une rivière et dans une position charmante. On mit les chevaux à la voiture et l'on partit. Le long du chemin, Henri ne se sentait pas de bonheur, jamais il n'avait vu d'aussi belles forêts et d'aussi beaux champs; quand il aperçut le grand parc du château de Versailles, il demanda à qui ce jardin appartenait, et Mme Dumont lui raconta l'histoire de Louis XIV. C'était l'heure où les ouvriers se rendaient à leurs travaux, où les gens de la campagne sortaient de leur demeure. Les uns

s'en allaient avec leur faux sur l'é-
paule, pour continuer à couper les
foins; d'autres avec leur bêche allaient creuser de petits canaux dans
les prairies pour les arroser. Mme
Dumont les montrait à son fils, et
elle lui disait : « vois-tu, tandis que
nous voilà assis dans une bonne
voiture en route pour faire une partie de plaisir, ces pauvres gens sont
obligés de se lever de bon matin
pour s'en aller poursuivre de rudes
travaux. Cependant ils ont l'air sa-
tisfait et joyeux, car la vie labo-
rieuse qu'ils mènent, soutient leur
santé, et le devoir qu'ils accomplis-
sent leur donne la satisfaction de
l'ame. Nous devons remercier Dieu

de nous avoir accordé la fortune que ces pauvres gens n'ont pas; mais nous devons songer aussi que, s'il nous a fait une grande grâce, il nous a imposé par là-même de grandes obligations. Oui, nous devons faire un noble usage du bien que nous possédons, nous devons l'employer à soutenir les malheureux, à récompenser l'ouvrier, à donner des encouragemens à la vertu, au travail, à l'industrie, sinon, nous sommes coupables. »

Pendant ce temps la voiture avançait à travers les riches campagnes de Pontchartrain; Henri ne se lassait pas de voir les rians châteaux élevés de chaque côté de la route,

et les prairies fécondes, les bois
superbes qui s'étendaient à perte
de vue. Et puis vinrent les jolis vil-
lages de Normandie avec leurs mai-
sons bâties en brique, leurs petits
jardins devant chaque porte et
leurs enclos d'arbres fruitiers.

— « Oh ! regarde donc, maman,
combien voilà des pommiers dans
les enclos, dans les champs, dans
les jardins, partout ! Est-ce que les
gens de ce pays peuvent manger
toutes ces pommes ? »

— « D'abord, mon ami, ils en
vendent à ceux qui n'en ont pas,
et puis, comme tu le vois, il n'y a
point de vigne ici, et l'on remplace
le vin par le cidre. C'est une boisson

que l'on fait avec des pommes en
les mettant au pressoir, et en lais-
sant fermenter le suc qui en sort.
Les pauvres gens de ces pays ne
boivent que du cidre, car le vin
leur coûterait trop cher. C'est ainsi
que la Providence a su répartir les
productions de la terre selon les be-
soins de l'homme. Elle a donné aux
habitans du midi les fruits dont ils
ont le plus besoin pour se rafraîchir
au milieu des grandes chaleurs, et
aux habitans du nord les productions qui leur sont les plus utiles
dans leur rude climat.

En causant ainsi, ils approchaient
de la demeure de Mme Dunoy; déjà
ils distinguaient les arbres du parc

et le faîte de la maison. M.me Dunoy avec son mari et ses deux enfans étaient aux aguets, pour les voir arriver, et dès qu'ils aperçurent la voiture, ils s'élancèrent à sa rencontre. M.me Dunoy reçut sa sœur dans ses bras et l'emmena dans sa chambre pour causer avec elle, tandis qu'Eugène et Adolphe prenaient soin de leur petit cousin, et lui montraient leur boîte à joujoux, leur cheval de bois, et leur cerf-volant.

Après le dîner M.me Dunoy proposa à sa sœur de faire une promenade sur l'eau. M.me Dumont accepta, et les enfans poussèrent des cris de joie. On détacha la petite barque qui etait amarrée au rivage : les deux sœurs se placèrent dans le fond ; les trois petits enfans s'assirent l'un à côté de l'autre devant elles, et M. Dunoy se tint debout sur le devant avec sa rame à la main. C'était par une belle soirée du mois de Juin ; le soleil projetait encore une dernière lueur sur le feuillage des arbres, sur les flots de la rivière ; l'alouette redescendait dans son sillon ; le chardonneret s'endormait dans son joli petit nid et le rossignol commençait à chanter. De loin en loin on distinguait le refrain interrompu de la chanson du laboureur qui s'en revenait au village, ou les sons mé-

lancoliques de la cloche qui tintait
l'*angelus*. Puis tout à coup il se faisait un grand silence, et l'on n'en-
tendait plus que le bruit de la rame
frappant dans l'eau, et le murmure
des vagues qui fuyaient derrière la
barque. Les longues branches de
saule, balancées par le vent, se cour-
baient sur la tête des enfans ; les
nénuphars élevaient au-dessus de
l'eau leur tige verte et leur joli
bouton jaune comme pour les sa-
luer. Il y avait dans cette soirée
un repos, un charme inexprimables.
Le ciel était sans aucun nuage, et
l'air était plein de parfums. Puis,
à mesure que l'on descendait, on
apercevait de chaque côté de la

rivière de grandes plaines couvertes de fleurs et de verdure, et des forêts de bouleaux, dont l'écorce blanche produisait aux rayons de la lune un effet fantastique.

Mme Dumont contemplait dans une douce rêverie ces rians tableaux, sa main serrait avec affectation celle de sa sœur, et ses regards s'arrêtaient avec un sentiment inexprimable de bonheur sur ces belles campagnes et sur son fils.

Les trois enfans étaient au comble de la joie. Ils causaient et riaient entre eux, et poussaient de grands cris chaque fois qu'ils parvenaient à saisir une branche de saule, ou à cueillir un nénuphar. Cependant

8..

leurs mères les engagaient à se tenir
tranquillement assis et à ne pas se
pencher sur l'eau. Tout à coup Mme
Dunoy jeta un cri de terreur, et
son mari se retourna avec épou-
vante. Adolphe, le plus jeune de
leurs enfans, s'était incliné sur le
bord de la barque, pour cueillir
une jolie petite fleur blanche. Le
corps tendu, la tête en avant, il
avait presque perdu l'équilibre, et
la moindre secousse l'eût infailli-
blement précipité dans l'eau. Mme
Dunoy le saisit par le bras, puis, le
posant sur ses genoux et le pres-
sant contre son cœur : « méchant
enfant, dit-elle, tu ne sais pas à
quelle angoisse tu livres ta pauvre

mère, quand tu t'exposes ainsi. Oh! sois donc plus prudent, au nom de Dieu je t'en conjure! »

Cet incident troubla tout le plaisir de la promenade. Mme Dumont se sentait inquiète aussi pour son fils. D'ailleurs l'obscurité commençait à venir, et il eût fallu user de grandes précautions pour continuer à s'en aller sur l'eau. M. Dunoy attacha sa barque à un tronc d'arbre et proposa de s'en retourner au château par la forêt.

Tout le monde accepta cette offre avec empressement, et l'on se mit en route.

La Forêt.

Le long du chemin, M. Dunoy se plaça à côté des enfans, et leur dit combien il était dangereux de s'avancer témérairement au bord de l'eau, et combien il était déjà arrivé d'accidens déplorables par suite d'une de ces imprudences. « Promettez-moi, ajouta-t-il, de ne jamais entrer dans l'eau sans en avoir reçu la permission de vos parens, sans avoir avec vous quelqu'un pour vous apprendre à nager et vous porter secours en cas de besoin. Promettez-moi, quand vous vous promènerez auprès d'une rivière, de ne pas vous avancer seuls

sur le bord, car le pied pourrait
vous glisser, et Dieu sait ce qui ar-
riverait. « Les enfans le promirent,
et M. Dunoy embrassa Adolphe, qui
se repentait bien vivement d'avoir
fait de la peine à sa mère.

On avança à travers la forêt. Le
sentier était bordé d'une mousse
fraîche, au milieu de laquelle bril-
laient, comme autant d'étincelles,
une quantité de vers luisans. Les
enfans les regardaient avec surprise,
et d'abord n'osaient les toucher,
car ils avaient peur que cette petite
flamme ne les brûlât; puis, quand
ils virent que ce n'était pas du feu,
ils ramassèrent ces vers luisans,
les mirent sur leur collet d'habit,

sur leur casquette, et vinrent avec des cris de joie les montrer à leur mère. « Voyez, dit Mme Dunoy, c'est là encore une des preuves de la merveilleuse puissance de Dieu. C'est lui qui a mis le diamant dans les entrailles des montagnes; la perle dans les profondeurs de la mer; c'est lui qui allume l'étoile qui brille là-haut au-dessus de notre tête et qui donne cette étincelle lumineuse à l'humble vermisseau. Ainsi, tout nous parle de lui, la lune qui nous éclaire, le rossignol qui chante, le ver luisant qui se repose sur un brin de mousse. Sa grandeur se manifeste par toutes les œuvres qui nous entourent, et sa bonté veille sur notre vie comme sur celle des petits oiseaux qui viennent de s'endormir. »

Au sortir de la forêt, les regards de la société furent tout à coup surpris par l'aspect d'un grand feu allumé au milieu de la campagne; on en apercevait un autre encore plus loin, et un autre au-dessus de la colline. « Ce sont les feux de la St. Jean, dit M. Dunoy. C'est une de ces coutumes populaires qui a passé de contrée en contrée et s'est perpétuée d'âge en âge. Celle-ci a été déjà en usage chez les païens, et servait probablement à solenniser chez eux le solstice d'été, c'est-à-dire l'époque où les jours, parvenus à leur plus grande longueur, commencent à décroître. On allume encore ces feux de la St. Jean chaque année en Allemagne, en Angleterre, et dans plusieurs provinces de la France. Un jour, mes enfans, vous étudierez toutes ces traditions populaires, toutes ces anciennes coutumes, et vous verrez que tel usage dont souvent nous ne pouvons distinguer la cause, se rattache à une tradition curieuse et sert à constater un fait historique. C'est ainsi que l'étude nous présente un champ immense, varié et toujours fécond, où nous n'avons qu'à puiser. »

Ils s'approchèrent d'un de ces feux. Les vieillards, les enfans, étaient là réunis en cercle. Les an

ciens du village racontaient comme
on célébrait cette fête autrefois, et les
jeunes gens sautaient et dansaient.

—« Voilà, dit M. Dunoy, comme
ces pauvres ouvriers oublient leurs
soucis et se reposent de leurs travaux. Quand on songe à toutes les
peines qu'ils ont à supporter, à toutes les privations qu'ils doivent su-
bir, ne doit-on pas être content de
les voir trouver ainsi dans leur rude
vie quelques momens de gaîté et de
bien-être. » Puis, prenant les enfans
par la main : « tenez, leur dit-il, tâ-
chez d'aimer les malheureux ; s'ils
souffrent, soulagez-les ; s'ils ont un
jour de joie, réjouissez-vous avec
eux. »

La Moisson.

Mme Dumont et son fils avaient passé quelque temps en Normandie, et lorsqu'ils revinrent à Belle-vue l'on était à la fin du mois de Juillet, et les moissonneurs étaient occupés à couper le blé.

— « Maman, s'écria Henri, voyez de quelles jolies petites faux l'on se sert pour couper le blé, elles ont l'air de joujoux. »

— « On les nomme des faucilles, dit Mme Dumont; le blé exige beaucoup plus de soins, en le coupant, que le foin, parce qu'il doit servir à notre nourriture. »

— « Je sais, reprit Henri, que le blé sert à faire le pain ; cependant ils ne se ressemblent pas du tout. »

Mme Dumont cueillit un épis et fit voir à son fils les grains qui s'y trouvaient, puis elle les frotta avec les mains, les cosses tombèrent, et Henri vit alors les graines qu'elles contenaient. Ces cosses, lui dit-elle, sont des enveloppes qui couvrent les graines, elles poussent sur de petites tiges extrêmement fines et rapprochées les unes des autres, et forment la partie supérieure de la plante, qu'on nomme épi. Si l'on coupait le blé de la même manière que l'herbe, les cosses s'ouvriraient et l'on perdrait une grande quantité de

9.

graines. Les moissonneurs tiennent
le blé d'une main, pendant qu'ils le
coupent de l'autre. Elle donna à son
fils plusieurs graines pour qu'il les
goûtât; ce dernier les trouva très-
dures.

— « Nous verrons plus tard, reprit sa mère, ce qu'on fait pour les
amollir. » Peu après les moissonneurs quittèrent leur ouvrage et ils
allèrent s'asseoir dans une allée om-
bragée par des tilleuls, où ils s'éta-
blirent pour dîner.

— « Que c'est joli de dîner en plein
air, s'écria Henri, j'aimerais à par-
tager leur repas; » mais lorsqu'il les
vit un instant après tirer d'un panier du pain bis, du lard et du fro-

mage, il n'eut plus envie de dîner avec eux.

— « Quel mauvais repas ils font, maman, dit-il tout bas; voulez-vous me laisser aller demander à la cuisinière de me donner quelque chose de bon pour eux; je suis sûr qu'ils n'aiment pas du tout à manger ce pain qui a l'air si brun et si sale. »

— « Ce pain n'est pas sale, seulement il est fait avec de la farine d'une qualité moins belle que celle dont on fait le pain blanc. »

— « Le pain bis ne doit pas être aussi bon que le pain blanc, » dit Henri.

— « Cela est vrai, répondit sa mère; cependant, vois comment ces hom-

mes ont l'air de manger de bon ap-
pétit. »

— « Oui, dit Henri, on dirait qu'ils
dînent avec plaisir. »

— « Te rappelles-tu, lui dit sa
mère, qu'un jour que tu avais fait
une longue promenade, tu avais plus
faim que de coutume, et comme
tu attendais impatiemment l'heure
de dîner, et te souviens-tu combien ce jour-là le dîner te parut
meilleur ? »

— « Oui, » répondit Henri.

— « Cela ne venait que de ce que
tu avais très-faim ; ces hommes, qui
travaillent si péniblement, ajouta-
t-elle, ont toujours très-faim aux
heures de repas, et ils ne trouvent

pas les leurs aussi mauvais que tu
le craignais. »

— « Je suis bien-aise qu'ils trouvent leur mauvais dîner bon, reprit Henri, puisqu'ils ne peuvent
pas en avoir de meilleur; mais
pourquoi ne donnent-ils pas à manger à ces deux enfans qui sont près
d'eux? » demanda-t-il, en montrant
une petite fille et un petit garçon.

— « Ce sont ces enfans qui leur
ont apporté à dîner, répondit M.me
Dumont, et il est probable qu'avant
de venir, ils ont eu le leur; cependant si tu veux, tu peux aller demander, à Fanchette de te donner
quelque chose pour eux; elle ne
pourrait pas te donner de quoi nour-

rir tous ces hommes, mais elle en aura assez pour les enfans. »

Henri y alla en courant et revint bientôt, apportant du pain blanc, la moitié d'un pâté et un peu de poulet.

— « J'ai eu bien de la peine, dit Henri, à persuader à Fanchette de me donner du poulet, elle voulait le garder pour votre déjeûner; mais je lui ai si bien assuré que vous aimiez vous en passer et le donner à ces enfans, qu'à la fin elle y a consenti. N'est-ce pas, maman, que j'ai eu raison? ils n'ont peut-être jamais goûté de poulet, tandis que vous, maman, en mangez aussi souvent que vous le voulez. »

Mme Dumont dit à son fils, qu'il avait très-bien fait de prendre son déjeûner pour le donner aux enfans; elle appela ces derniers et Henri leur remit ce qu'il leur avait apporté. Ils le remercièrent beaucoup; mais ils lui dirent qu'ils n'avaient point faim et porteraient le tout à leur mère.

Dès que les moissonneurs eurent fini de dîner, ils se remirent à travailler.

Mme Dumont et Henri les virent ramasser tout le blé qu'ils avaient coupé dans la matinée, ils mettaient les épis tous du même côté et ils les attachaient en bottes avec de la paille tortillée; ils placèrent ces bottes les unes sur les autres; mais légèrement inclinées, pour qu'elles pussent se supporter mutuellement.

—« Que vont-ils faire de ces bottes? » demanda Henri à sa mère.

—« On les appelle des gerbes de blé et non des bottes, lui dit-elle. On les laissera trois ou quatre jours exposées au soleil, pour les sécher, puis on les portera dans une grange; plus tard, on retirera la graine de dedans les cosses, et le reste du blé ne sera plus que de la paille. »

—« Mais les chevaux mangent aussi du blé, » dit Henri.

—« Oui, répondit sa mère; mais il y a du blé de plusieurs espèces différentes, celle dont on fait le pain est appelée froment, et celle qu'on donne aux chevaux, avoine. »

Mme Dumont conduisit son fils dans un champ d'avoine : « vois, ajouta-t-elle, la différence qu'il y a entre le froment et l'avoine; le sommet de ce dernier, au lieu d'être terminé par un épis l'est par un bouquet. »

Pour rentrer dans le parc, Henri et sa mère traversèrent un champ d'orge.

—« Regarde, Henri, lui dit-elle, voici une autre espèce de blé, qu'on appelle orge; elle croît en épis, de même que le froment. »

—« L'orge sert-elle à la nourriture des hommes ou des animaux? » demanda Henri.

— « Lorsqu'elle est coupée avant d'être mûre, répondit Mme Dumont, elle sert à la nourriture des bœufs et des chevaux; mais quand elle est coupée étant mûre, elle sert à faire différens breuvages. »

— « Je croyais, maman, qu'on ne buvait que de l'eau, du lait, du vin et toutes ces sortes de choses. »

— « Ces sortes des choses, répondit Mme Dumont, se nomment des liquides, et l'on ne peut boire que ce qui est liquide. »

— « Cependant, maman, vous venez de me dire, qu'on boit de l'orge, et elle n'est certainement pas liquide dans l'état où je la vois maintenant. »

— « L'orge, reprit Mme Dumont, sert à faire de la bière; tu vois que cette dernière est un liquide. »

— « Que de différentes espèces de blé il y a, s'écria tout à coup Henri, et que de noms différens, du froment, de l'orge et de l'avoine, puis ils sont encore des végétaux; ainsi ils ont trois noms différens, aussi bien que les animaux. »

— « Les végétaux, ainsi que les animaux, ont souvent plus de trois noms, répondit Mme Dumont; mais un enfant de ton âge n'a pas besoin de les savoir. »

⎯⎯⎯

TABLE.

——

FIN DU TOME TROISIÈME.